EXPLICATION DE L'ENIGME,

TROVVÉ EN VN PILIER DE L'EGLISE NOSTRE DAME DE PARIS.

Par le Sieur D. L. B.

A PARIS.

M. DC. XXXVI.

AVEC PERMISSION.

ENIGME TROUVÉ EN VN PILIER
DE L'EGLISE NOSTRE DAME
DE PARIS.

IE volle iusqu'aux Cieux, & si ie n'ay point d'aisles,
Sans iambes & sans pieds, ie vais à mon plaisir;
Ie n'ay n'y bras, n'y mains, & l'on me voit saisir,
Et briser de deux corps les forces naturelles.
Ie suis vierge, & pourtant i'ay du laict aux mammelles,
Ie suis grosse d'enfant, & si ne puis gesir,
Et mon fils auec moy n'accomplit son desir,
Pour tirer de mes reins les semences gemelles.
A l'heure que ie nais, ie suis horrible à voir;
En forme de faon d'Ours, mon chef paroist si noir,
Si puant & amer, que chacun me mesprise:
Mais si de laict Celeste on me nourrit vn peu,
I'acquiers telle vertu, qu'apres ie m'eternise
Dans la terre, dans l'eau, dans le Ciel & le feu.

Philosophe, qui te vante de posseder l'œuure, ie croiray le bruict
qui court de toy, si tu me donnes la veritable explication de cét
enigme: alors ie te diray qui ie suis, & te mettray au nombre
des Sages.

A ij

EXPLICATION ADDRESSEE AVX SAGES,
sur l'Enigme qui court, attendant celle de celuy à qui il est dedié.

LA science d'vn vray Philosophe qui ne vient que du Ciel & ne se distribuë qu'aux gens de bien, fait assez voir la marque pour conoistre celuy qui la possede, quand son esprit volle au Ciel, & que ses iustes actions se pratiquent en terre, ainsi qu'il s'agist icy.

Premierement, Il faut bien considerer comme Nature a trauaillé aux metaux parfaicts & imparfaicts, afin de proceder comme elle, & mieux faire qu'elle n'a faict : Car le Soleil qui est le plus parfaict de tous, n'a pas assez de souffre & de germe, ou d'humide radical pour engendrer, comme faict la pierre par projection, sur les imparfaicts qu'elle rend parfaicts, en les augmentant de quantité iusques à l'infiny, & pour les corps humains elle en guerit toutes les maladies, & remet l'homme en son premier estat & bonne force.

Doncques pour y paruenir, il faut destruire au Soleil ce que nature y a faict, & le remettre en son premier estat, qui est par destruction de son corps en poudre, eau, huile, & Mercure, & remettre le Mercure en eau separée de sa terre, & de l'vn & l'autre, tirer le dissoluant des Sages, & l'huile celeste, ou le laict virginal des Philosophes : ainsi vous remarquerez qu'il s'agist de deux sortes d'huile, l'vne blanche cóme laict, & l'autre rouge cóme sang, & procederez

en ce fait cóme en toutes les chofes qui fe font çà bas, fça-
uoir par diffolutió, corruptió & putrefactió, qui caufe puã-
teur & noirceur au cómécemét, puis engédre vne parfaite
blancheur, & autres diuerfes couleurs qui finiffent par vn
rouge citrin, auec vne grande & fuaue odeur, & tout cela
fait vne poudre qui guerit toutes les maladies, & prolonge
la vie, en augmentant l'humide radical, & reparant tous les
defauts qui s'y trouuent, ainfi qu'aux corps metalliques.

Partant il faut faire comme nature, & de plus deftruire fon procedé pour mieux faire qu'elle n'a fait. Ce qui
ne fe peut que par Mercure, auec lequel elle forme tous
metaux, & deftruire auffi ce Mercure: or Nature l'a formé
d'vne terre & d'vne eau, qui ne fe peuuent feparer fans vn
grand art. Separez donc cette eau de la terre. Animez
icelle eau, en luy donnant plus de fouffre qu'elle n'a eu par
nature, qui caufe fon imperfection en ce qu'il ne peut engendrer, conferuant en mefme temps fon humide radical,
l'exaltant & graduant comme il eft requis, pour auoir le
vray diffoluant des Sages, qui ruine, deftruit, putrefie tous
metaux, tirant leurs fels, huiles & Mercure de leurs en-
trailles, affifté de l'huile blãche ou laict des Sages, que l'on
tire de leur terreftre mer, ou il y a eau, terre, huile, Mercure blãc & rouge & tout ce qu'il faut à la pierre. Fay encore
que ce volatil volle iufqu'au Ciel par fa qualité aëriéne, &
iceluy fixe, faisãt auffi le fixe (qui eft le Soleil ou Lune) volatil, puis le deftruits, diffouls & corromps, feparant apres
vne terre blãche & inutile qui l'empefche d'engédrer, & de

B

plus exalte iceluy selon ce que voudras operer; soit pour tirer des branches, qui en peu de téps produisent mediocrement sur les imparfaicts, auec les huiles de Soleil & Lune, obseruant le temps, poids & chaleur, et vous aurez maistrise, où n'y à pas tant d'affaire, ny de fraiz que plusieurs pensét; i'en ay veu vne partie de l'effect, & vn mien amy le surplus. Dieu veüille que ie voye le tout ensemble, comme i'espere qu'il m'en fera la grace.

Voila donc ce volatil qui volle sans aisles, sans bras; il brise non seulement deux corps: mais tous corps ou metaux; Il est vierge & a du laict, que l'on tire de luy, ainsi que i'ay dit, & comme sçait faire le Sage.

Il est gros d'enfant & ne peut enfanter, c'est qu'il ne peut produire qu'il n'ait tiré vn fils de luy & d'vn corps metallique, pour en faire la pierre auec l'huile des Sages, n'ayant sans cela aucune semence.

Quand la pierre commence à naistre, elle a noirceur & puanteur qui la rend horrible alors; le laict celeste qui la doit nourrir est l'huile des Philosophes, que l'on tire du corps solaire, puis elle est eternisée en terre par les meruoilles de ses projections sur les corps humains & Metalics cóme dit est, le tout à la confusion de tant de Sophistiqueurs, qui ruinent la veritable reputation de cette saincte œuure, qu'on ne peut denier auoit esté faicte par vne infinité de gens de bien, laquelle œuure, ie ne conseilleray iamais à homme d'entreprendre, aux despens, ny auec la societé de plusieurs; d'autant qu'il n'en arriue iamais bien, n'estant pas alors maistre de luy, ny de ce qu'il faict. Et de plus il faut qu'il ayt tous preparatifs necessaires, bien asseurez, sãs auoir autres soings ny affaires, afin de n'estre interrompu ou pressé, pour precipiter la chose, que le Ciel quelquesfois ne benit pas pour toutes persónes, qui n'ont de bós desseins dans la grandeur de ses effects.

Celuy qui a composé l'Enigme, est prié par l'Auteur de cette exlication, de se faire cónoistre, & respondre pertinemment come il a promis.

DE MERCVRIO PHILOSOPHORVM,

AD ÆNIGMATIS AVCTOREM ANONYMVM. CARMEN ELEGIACVM. C. D. TH.

Incolo quicquid habet Mundus; mihi sydera centrum:
   Virgo terra parens; vestis & vnda mihi.
Ex me omnes viuunt, consistunt omnia per me;
   Me dempto vacuum, sydera, terra, mare.
Spiritus alta peto; sed corpus pellor ad ima:
   Per me ignis grauis est; lympha sed inde leuis.
Me nouêre Sophi; me nesciuere Sophistæ:
   Adsto diuitibus; pauperibúsque simul.
Qui numen quærit, me quærit; non tamen ipse
   Sum Deus, at per me notus vbique Deus.

Saccharum psittaco, fœnum boui.

EXPLICATION PAR LE MESME, DV SONNET ENIGMATIQUE DE LA PIERRE PHILOSOPHALE.

SONNET.

Mercure Sublimé par le feu de nature,
Qui est diffus par tout, ie vole iusqu'aux Cieux:
Et les metaux parfaicts ie dissous és bas lieux,
Que l'Esprit General fait de matiere pure.

Vierge, i'abonde en laict d'immortelle teinture,
Que i'ay succé d'enhaut ; & sans l'industrieux
Artiste ne puis rien : mais si iudicieux,
A mon frere il me ioint, ie conçois sans ordure.

Lors sentans le reland, noirs on nous void venir,
L'Ame & l'Esprit voler, si on sçait maintenir
Le feu doux, comme l'art des Sages recommande.

Et le corps, rebeuuant son Ame & son Esprit,
Qui luy seruent de laict, & dont il se nourrit,
Vaincra l'eau, l'air, & terre, & la flamme plus grande.

FIN